بيكاسو كافيه

سامية العطعوط

بيكاسو كافيه

مجموعة قصصية

دار الفارابي

الكتاب : بيكاسو كافيه

المؤلف : سامية العطعوط

الغلاف : فارس غصوب

الناشر : دار الفارابي – بيروت ـ لبنان

ت : 301461(01) ـ فاكس : 307775(01)

ص.ب : 3181/ 11 ـ الرمز البريدي : 2130 1107

e-mail: info@dar-alfarabi.com

www.dar-alfarabi.com

الطبعة الأولى 2012
ISBN: 978-9953-71-732-6

ولسوفَ تُروى الأساطيرُ
عنّي
عن نارٍ بدّدتْني
عن نارٍ
أيقظتُها من رماد ..

سامية

بيكاسو كافيه

رغبة
أريد أن ألملم نفسي
من شتات الوحدة..!!!

أين أنت؟
أين أنت
تنهشني ذئاب البراري
ويعوي في داخلي
ذئب جريح..

أمنية
أمنيتي...
أن أرى البحر هائماً على وجهه
في المرافيء

بحثاً عن وجهي
الأسطوري ..

ليل
لكنّ الليل
يصفعُ وجهي..
يصفع أبوابنا المغلقة
يمرُّ عبر الهواء
ولا يلقي التحية..

يهيم على وجهه
أحمقَ
في المساءات البعيدة

يعرّي قرص الشمس من وهجه
يلقي به في الأفق
كأيّ شيءٍ
لا طعم له،
لا لون لا رائحة..

10

يمرّ بيَ الليلُ أسود
كما كان
يتكئ على الجدران
يثني ياقة الحزن
يطفئ لفافة الشوق
ينفضُ يديه من أحلامنا العرجاء
ويمضي وحيداً...
مبتسماً
وحافياً..
سعيداً بهذا الكون المستسلم له
مرتاحاً لنبض الصمت في الشوارع ..

سامية

بيكاسو كانيه

[1] مُدُنٌ

مقاهٍ

* بيكاسو كافيه
* في المقهى ذاته
* المقهى الصيّاد
* المقهى الخشبي
* كافكا في المدينة
* أفاعي

بيكاسو كافيه

بيكاسو كافيه

كان يجبُ أن أرضى من الشُهرة بالاسم ومن الزواج بالمتعة، ومن الموت بالأسود..

كان يجب أن أطلقَ سهامي السّامة، في وجه من يفتح فاهُ لانتقادي.. ولكنني كنت جبانة، تختبئ تحت معطفٍ جلديٍ أسود اللون وفاخر.

دخلتُ البار على عجل، وقد ألمّ بي مغصٌ حادّ لم أعرف سببه. ربما سأجهض.

قال بيكاسو إنه سيرسمني عارية بالألوان، كي أظلّ ذكرى في عيون محبّيه، لكنني رفضتُ بشدّة واستخفافٍ، أن أصبح لوحة تُباع وتُشترى بالملايين التي لن تفيدني في شيء، وشتمتُه بل وصرختُ في وجهه. وهكذا كان، فلم يعتبرني أحدٌ من النقاد من إحدى نسائه، وظللتُ مجهولةً أعيش في الظلّ، بينما تألقتِ الأخريات.

قررتُ أن ألقّنه درساً في الصعلكة، كي لا يقول عني أرستقراطية بدمٍ بارد. فتعرّيتُ في البار ورقصتُ فوق إحدى

الموائد، وجمعت من حولي المعجبين وحتى المعجبات، وحين بدأتْ آخرُ خيوط الليل تغادرنا، صحوت. واكتشفتُ أنني أستلقي إلى جواره في بيتٍ متداعٍ، بينما كان يجلس على مقعده يحاول أولى خربشاته في الرسم.

في المقهى ذاته

كان الرجل الطويل يجلس في المقهى ذاته، على المائدة نفسها والمقعد نفسه، يوماً بعد يوم، وشهراً بعد شهر، حتى مللتُ من وجوده. وكلّما ذهبت إلى هناك، أجده قد سبَقني. كان يختار أفضل مائدة وكرسي ليجلس عليهما، في المكان الاستراتيجي، المواجه لشاشة التلفاز المعلقة على الجدار المقابل. كان يشاهد كل شيء، بدءاً بالمسلسلات التركية والأخبار ومباريات كرة القدم وليس انتهاء بالدوري الإسباني. كان يتابع كل حركة في المقهى، بينما كنتُ أجلس إلى المائدة الجانبية من خلفه، وأشعر بالاستياء من ظهره الذي يتضخم يوماً بعد يوم ويحجب عني الرؤية، أو هكذا هُيء إليّ..

حاولتُ جهدي أمس أن أصل قبله وقبل موعدي مع حبيبتي بساعات، كي أحجز تلك المائدة اللعينة. ولا أدري ما الذي دفعني إلى ذلك، ربما هو شيطان أحمق..!

وصلتُ مبكراً، فجلستُ على كرسيه المفضل، وفي

أعماقي تضجّ ضحكةٌ شيطانيةٌ لعينة. ودون إصرارٍ مني، وجدتُ جسدي ينتفخُ ورقبتي تطول حتى أصبحتُ كطاووسٍ لا معنى له. بدأتُ أعدّ الدقائق والساعات، أنتظر دخوله من الباب بلهفة، كي أرى تعابير وجهه، وأضحكُ ملء (فيهي). أخيراً، جاء الرجلُ الطويل في موعده المعتاد حسبما أعتقد. تقدّم خطوتين وما كاد، حتى فوجئتُ به يصطدم بالموائد هنا وهناك ويتلمّس طريقه بكفّيه معتذراً، ثم اتّجهَ مباشرةً إلى المقعد الذي أجلس عليه، ولولا أنْ صرختُ ونهضتُ سريعاً ومعتذراً، لجلسَ الرجلُ بكامل ثقله في حضني..!!!!

المقهى الصيّاد

هذا المقهى صيّادٌ ماهر

للعشاق..

يصطادهم أزواجاً

فيدخلون إليه مثنى ورباعَ وثمان

وحين يخرجون

يعلو وجوهَهم خجلٌ واحمرار

شبقٌ لا ينطفئ..

مقهىً يصطادُ العشاقَ الأيتام

يقدّم لهم الحبَّ وأكوابَ الشوق المسروقة

فناجين القهوة بالبندق

أحاديثَ خجولة بالمجان.

وفي كل يوم، أقفُ بكامل أبهتي وثراء جسدي على
بابه. أستقبلهم زوجاً زوجاً. أروي لهم الحكايات الطازجة
بطعم الفانيلا.. ألتقط لهم عشرات الصور التذكارية

19

بالكاميرات الديجيتال والموبايلات الملونة. أمحو من قلوبهم، أيَّ عتاب بينهم.

لكنني اليوم، اليوم بالذات، قررتُ أن يكون يومي الأخير لي ولهم. خلعتُ مئزري الأبيض المتّسخ قليلاً، بعنفٍ، وألقيته على الأرض كيفما اتفق. أغلقتُ المقهى، كما تفعل الحكومات، بالشمع الأحمر، وخرجت من فوري إلى الشارعِ العريض بحثاً عن أي رجل.. عن رجلٍ ما.. عاشقٍ ما، كهلٍ ما، أجلس وإياه سوياً في مكانٍ بعيد لا تطاله الأيدي أو النظرات المتلصصة. أمدّ ساقيّ في مقهىً باذخٍ يمدُّ أرجلَه الكبيرة هناك، في بحرٍ جميل...!

المقهى الخشبي

أحبُّ هذا المقهى الخشبيّ كثيراً. بجدرانه الخشبية، وسقفه المصنوع من عوارض خشبية.. وأرضه الخشبية الخشنة جداً، ولونها الذي بلون الشجر حين نسحب منه بلاستيداته الخضراء. صدقوني، حتى الهواء في المقهى خشبيّ اللون والرائحة، ويكاد يكون خشبيّ الملمس..!!

حين دخلتُ إليه أول مرةٍ، دُهشت من درجة إتقان الصنعة، من استدارة حوافّ الموائد والمقاعد والبار. كانت الانحناءات ملساء جداً ودقيقة، وقطع الأثاث تبدو فاتنة وهي مطعّمة بعروق الشجر الميّت.. جثثُ الأشجار هنا في كل مكان...!

شربتُ فيه قهوةً خشبية المذاق في كوب من خشب الصندل. ارتشفتُها على مهل، وأنا أدخن سجائري. وبعد فترة، لمحتُ أحدهم يهمّ بمغادرة المكان، وفجأة، صرخ بأنه لا يستطيع أن ينهض أو أن يقف على قدميه أو ساقيه. كان يتلوّى ألماً كلما حاول النهوض. جاءه النادل. سمعته

يقول له، بأن يخلع أرجل المائدة التي يجلس عليها، وأن يستخدمها كعكازات .. !! جُن الرجل. ضرب رأسه بالمائدة غير مصدّق ما يسمع، لكنه استسلم في النهاية، خلع أرجلها وخرج وهو يشتم ويعوي..!

دُهشت من الموقف، ولم أعرف هل أضحك على الرجل أم أبكي إشفاقاً عليه. وحين طلبتُ الحساب، حرّكْتُ ساقيَّ خشيةَ أن تنتابني الحالة نفسها، لكني حمدتُ الله حين تحرّكتا بكل راحة. جاءني النادل بالفاتورة، فأنقَدْتُه بقشيشاً كبيراً، وأنا أبتسم. وعندما نهضتُ عن مقعدي، لم أستطعِ الحركة. تسمّرتْ قدماي في الأرض وشعرتُ بألم كبيرٍ. لم يتحرك مني إلا جزئي العلوي. جُننت، بدأتُ أصرخ كالرجل الغريب الذي ضرب رأسه بالمائدة، وصرتُ أضرب الطاولة بيدي. جاءني النادل نفسه، بوجهٍ يخلو من التعبير. تناول أرجلَ مائدةٍ من زاوية ما في المقهى، وقال ببرود: تستطيع أن تستخدمها كعكازات لك..

وذهبَ من دون أن يلتفت إلى دهشتي.. !

صفعتُ خدي .. لعلّي أحلم، من المؤكد أنني أحلم، لكن الصفعة آلمتني كثيراً، فحملتُ الخشبتين/ العكازين

وخرجتُ وأنا أتعوّذ وأبسمل وأحوقل، وأشتمُ الساعة التي دخلتُ فيها إلى هذا المقهى اللعين.. المقهى الخشبي المجنون..

في الخارج، كانت المدينة بأسرها تسير مسرعةً على عكاكيز خشبية، تطرق الأرض هنا وهناك، الناس يسيرون ويصرخون من شدة الألم. كان المنظر مدهشاً جداً، ولا أحد يحرّك ساكناً. وحين اقتربتُ من بيتي، سمعت هديراً صاخباً يتقدم نحوي.. التفتُّ، فرأيت النيران تشتعل في كل مكان، وألسنة اللهب تتقدم مسرعة على غفلة منا، غير عابئة بعكاكيزنا...!!

كافكا في المدينة

هنا، في هذا المقهى بالذات، حيث الأثاثُ داكن اللون، ورطوبةُ الجوّ خانقة، لا تفيد معها مراوح معلقة في السقف أو في رأسي.. هنا، يدخلُ الكتّاب والشعراء تباعاً..

في هذا المقهى بالذات، يأتي الكتّاب في كل يوم، الكتّاب الأموات، الأموات الذين يعلّقون رؤوسهم على مشاجب ستراتهم، ويدخلون في صخبٍ لا معقول، الصخب الذي يفضح سكينة القهوة الناعمة ويؤرّق أكواب الشاي الحمقى، أكواب الشاي التي تتحطم داخل رأسي.. هذا المقهى الذي يأتيه الكتّاب الأموات ما كان يوماً هنا أو هناك.. ما كان في عمان أو بيروت أو دمشق أو القاهرة أو مرّاكش.. إنه المقهى الذي قصفتْه الطائراتُ وحطّمتهُ فوق رأسي قبل بضعة أعوام.. ومنذ ذلك الوقت وأنا أستقبل الكتّاب الأموات هنا، يجيئون إليّ، يجلسون تحتي يستفيئون بظلّي وأعضائي وأوراقي ولا يعرفون أنني كنتُ في يوم من الأيام واحداً منهم...

أفاعي

لم أُدهش عندما حدّثني صديقي ووصف المدينة قائلاً: بدأتِ الأفاعي تخرجُ من جحورها، والكلاب الضّالة تهمّ على البشر في شوارع المدينة، في أزقة القرى والمخيمات والبراري.

كنّا نجد لقيطةً في صفيحة قمامةٍ، كلّ يوم أو يومين. ندفنهم أحياء أو أمواتاً.

كانت المدينة غارقةً في الوحل، حتى صرخ أحدهم: ذاك كهفٌ نأوي إليه...!

التفَتْنا إليه جميعاً، كما لو كان الحلّ الأخير..

أحدُهُم، كان على عجلٍ،

وضعَ جمجمتَه بجانب بسطاره، تناول دفتر مواعيده المهترئ، وغادَرَنا مسرعاً.

وامرأةٌ، علّقَتْ وليدها على جذع شجرة، كي يُطعمه الطير، ورحلتْ.

كنّا على عجل، كي نغادر مسرعين..!

ومضَيْنا..!

عمّان

* مواطن من الدرجة العاشرة
* قرية تنام بلا حكايات
* شريط نانسي عجرم (البطيخة)
* القيمة المضافة
* أحدب عمّان

27

بيكاسو كافيه

مواطن من الدرجة العاشرة

كانت فكرة المسابقة جديدة، (من يصل إلى القعر أولاً، أقصد إلى أسفل السلّم يَفُزْ)، على العكس من مسابقة برنامج (فكر واربح) الشهير للمرحوم رافع شاهين.

وقفتُ أنا ومنافسي كلٌّ منا على سلّم، واحدُنا في مواجهة الآخر على مسافة لا تتجاوز المتر. كانت الإضاءة ساطعة، والاستديو مليئاً بالمتفرجين والمدعوين المتحمسين لافتتاح البرنامج وتسجيل أولى الحلقات، والمذيع (فهيم) يجلس على كرسيٍ مرتفع لامع ودوّار، خلف مائدة مستديرة صغيرة ولامعة، ترتفع عن الأرض مسافات. واحدُنا إلى يمينه والثاني إلى يساره. صخبتِ الموسيقى ثم بدأتْ تخفتُ شيئاً فشيئاً، كما بدأت الإنارة تخفت، حتى عمّ القاعة الهدوءُ وما من نَفَسٍ يُسمع عن قرب.

وجّه المذيع الشهير سؤاله الأول لي:

ـ هل أنتِ أنثى؟

ـ نعم.

ـ هل أنتَ ذكر؟

ـ نعم.

لنسأل الجمهور إذن، قال المذيع: من يحقّ له أن يهبط درجة على السلم؟

ـ الجمهور بصوت واحد: الأنثى.

فنزلتُ درجة، وصفّق لي الجمهور، واحمرّ وجه منافسي خجَلاً من ذكورته وخسارته..!

المذيع (فهيم) مرة أخرى:

ـ كم عمركِ؟

ـ أربعون عاماً.

ـ وأنتَ كم عمرك؟

ـ أربعون.

صرخ فهيم متحمساً: ما هو قرار الجمهور، من ينزل درجة؟

صرخ الجمهور لي: إنزلي، ... إنزلي..

فهبطتُ درجة، وبقي منافسي في مكانه وقد اصفرّ وجهه.

سألنا فهيم: أين ولدتِ؟ في ....

وأين وُلدتَ؟ في...

صرخ فهيم بالجمهور: من ينزل الدرجة؟ من ينزل درجة؟ من؟ من؟؟

الجمهور بصخبٍ يرتفعُ أكثر فأكثر: هي. هي .. اهبطي درجة.

ـ هل معكِ تصريح؟ ... نعم.

ـ هل معكَ تصريح؟ ... لا.

(الجمهور): انزلي.

ـ هل معك بطاقة خضراء؟

ـ نعم،

ـ هل معكَ بطاقة خضراء ؟

ـ لا.

المذيع: غير معقول .. غير معقول، انزلي درجتين ... رائع ... رائع.

وصفّق الجمهورُ بحماسٍ جنوني..

ـ هل أنتِ وزيرة؟

ـ لا.

ـ هل أنت وزير أو ابن وزير؟

ـ نعم.

الجمهور بصراخ: انزلي ... انزلي.

31

.....

....

ـ هل أنت متزوجة؟ ... نعم.

ـ هل أنت متزوج؟ .. لا.

(الجمهور): انزلي ... انزلي.

وبعد استكمال الأسئلة العشرين الصعبة، كنتُ قد وصلتُ إلى القاع قبل منافسي بدرجات، وفزتُ عليه باقتدار...! استلمتُ كأس الفوز فيما كان منافسي يذوب في ملابسه خجلاً..!

قرية تنام بلا حكايات

لم تعدْ عجائز القرية، تروي الحكايا..

عدتُ من المنفى بعد سنوات ضوئية، إلى قريتنا.

وقريتنا مسكونةٌ بقومٍ من نار. لا يعرفون الليل من النهار، أو الانتفاض من السكينة. لا يعرفون عدد أصابع اليدين أو القدمين، ولا يعرفون من باض البيضة...!

قريتُنا مسكونةٌ..

تمتدّ أطرافها حتى أقدام الجبال العالية، بتجاويفها العارية. والجبال تلتفّ من حولها خرساء جرداء شاهقة. وحين يحلو المطر، يتحلّق الضباب حولها كخواتم من ماسٍ، تلتفّ حول أصابع مدببة.!

وبالنسبة إلى شابٍ متعلّم مثلي، أمضى أحد عشر كوكباً يدرّس اللاهوتيين في المدينة المجاورة، لم أكن أصدق الروايات التي يرويها الكبار من أهل القرية، عن الجان والشياطين والغيلان.

كنتُ أستمع إلى أحاديثهم كحكايا مسلية في ليالي

الشتاء الطويلة، أما صديقي حسن، فكان شديد التأثر بما يسمع. لم يكن يؤمن، بأن الجن والغيلان موجودون فقط، بل كان يؤكد أنهم يعيشون بين ظهرانينا، كما يقول آباؤنا وأجدادنا.

جدتي لأمي تحبّني كثيراً. كانت تُجلسني في حجرها كلما مررتُ من أمامها. تأخذ رأسي الصغير بين يديها، وتقرأ لي بعض الأدعية التي لم أكن أفهم معناها. كنت أشعر أحياناً ببعض الراحة، فأستكين. وفي أحيان كثيرة، كنت أستعجلها لتنهي كل شيء بسرعة، كي أتمكن من اللحاق بأقراني واللّعب معهم.

عندما عدتُ إلى قريتنا، اكتشفتُ أن عجائز القرية كفّت عن ذكر الجان منذ سنوات. قلتُ: مبدئياً هذا رائع، إذ من السهولة بمكان أن يهبط عليك اليوم، كائنٌ فضائيٌّ جاء من أقاصي الكون، على أن يخرج عليك جني من تحت الأرض.. لكنني تساءلتُ، لماذا ؟؟

قيـل: سَكَنَ كلُّ قرين مـع قرينـه وعـمّ السـلام، وبالتالي، لم يعد هناك مبرر للكلام... أما أنتَ، فسيأتيك قرينك قريباً..

وكأنّي بأهل قريتنا جُنّوا ... دُهشت مما سمعت، ضحكتُ ونمتُ ليلي الطويل، بلا حكايا..!

في الصباحِ، خانتني عيناي.. كان يستلقي إلى جانبي بوجهٍ طافح بالحب والرغبة، فلم أستطع الهروب، وأصبحتُ حكايةً يرويها حسن والآخرون..!!

شريط نانسي عجرم

فرحتُ جداً عندما اشتريتُ بطيخة من (سقف السيل)(*) في البَلَد، وعدتُ بها إلى البيت.

مررتُ في طريق عودتي، من زقاق ضيق في المخيم، تراكمتْ فيه أكوامُ الزبالة هنا وهناك، وفاحتْ منه رائحةُ مياهٍ آسنة انسَرَبتْ من بواليع بيوتنا، لتركد فيه على شكل بركٍ مستنقعيةٍ صغيرة. كان المخيمُ حليقاً كما تركته منذ شهرين.!! وكان رأسي كذلك، فقد خرجتُ من السجن قبل أيام، بملابسَ زرقاء اللون وحذاءٍ أبيض، وكنتُ أبدو كأحد الممرضين في مستشفى خاص، أو كأحد المجانين...!

رأى أولاد المخيّم البطيخة في يدي، فاندفعوا نحوي. تبعوني بالزّفة، يضحكون ويصرخون، إذ لم يكونوا قد رأوا بطيخة في حياتهم من قبل. هذا ما توقعته..! وصلوا

_____

(*) سقف السيل: شارع في عمان.

معي حتى باب بيتنا المتداعي، والمتداعي تعود على البيت وعلى بابه بلا شك.

دفعتُ الباب بقدمي اليمنى كمشاكسٍ عاد لتوّه من حرب، فوقعَ من طوله على الأرض، (البابُ بالطبع). خطوتُ فوقه، فاندفعَ الأولادُ خلفي يهتفون. تجمّعوا حولي بملابسهم الرثة. عرفتُ فيهم بعض أبنائي الذين أجهل عددهم بالضبط. تحلّقوا حولي يهتفون، واللعاب يسيل من أفواههم، حتى ملأ الحوش وارتفع فيه بعلوّ قدم. ناديتُ على امرأتي وكانت عاقراً لا تنجب حتى صوصاً في أحسن الظروف. والمقصود بأحسن الظروف، أي حتى لو تزوجها عشيقها فتحي المكوجي.!! أحضرتْ زوجتي معها سكين المطبخ، وكانت بادحةً فشتمتها، وبادحةً تعود على السكين، وليست على زوجتي حادّة الطبع..!

جلستُ على الأرض. وضعتُ البطيخة أمامي. أخرجت الموس الكبّاس الذي أستخدمه في مشاجراتي الدائمة مع الحمّالين والنشالين والقوادين في سوق البلد، وقلتُ باسم الله. أغرزتُ الموس في بطن البطيخة وهويتُ بها ثانية على الأرض، فانفلقتْ بتعرّجات.

37

هل كانت البطيخة حمراء على الموس، أم بيضاء قرعة؟

هل أكل الأولاد منها أم ضربتهم بحذائي المثقوب على رؤوسهم المقملة، كي يخرجوا من هنا، وكسرتُ جرةً ما وراءهم؟؟

هل نمتُ مع زوجتي العاقر في تلك الليلة؟ هل خلعَتْ ملابسها وسروالها الأحمر الناعم وتعرّتْ، وسمع أهل الزقاق صوت لهاثنا وصراخها كليلة الدخلة، قبل أن يأتي الجيش ويعتقلني؟ أم ما كدت أقترب منها وأستعدّ للدخول فيها كجواد يقتحم بوابة القلعة، حتى سمعتُ أنصاف المجنزرات تقترب منا ؟؟

هل تعتقدون أنها تابعت فضّ بكارتها مع أحد الجنود الذين تخلّفوا لتفتيش البيت؟ أم أنها فَعَلتْها بنفسها؟ أم ماذا ....؟

هذه أسئلة محرجة لن يمكنني الإجابة عليها، خاصة بعد أن عادوا وكمّوا فاهي بشريط نانسي عجرم (الواد الشاطر...).

القيمة المضافة

كنتُ عائدة من ورشة عمل عن خدمات البيع وما بعد البيع للعملاء، أحمل موبايلي الجديد الأحمر وحقيبتي السامسونايت و(لاب توبي).. ركنتُ سيارتي قرب (هابي فاميلي ستورز)، وترجلت منها لأشتري دجاجة ممعوطة الريش.

لمحتُها تقفُ على قدميها، تمدّ يديها، ترفعهما إلى أعلى أقصى ما تستطيع، كي تصل، لكنها لم تتمكن من ذلك. حاولتْ جاهدةً مرة أخرى، ولم تفلح. فاضطُرت المرأة الستينية ضئيلة الحجم، بملابسها السوداء الرثّة، أن تقف على أصابع قدميها وأن ترفع جسدها إلى أعلى من دون فائدة على الرغم من محاولاتها المتكررة. التفتَتْ حولها تبحثُ عن شيءٍ ما. وجدتْ صحارةً بلاستيكية من عبوات تعبئة الخضار والفواكه ذات الثمن المرتفع. وضعَتْها على الأرض ووقفتْ عليها. رفعتْ جسدها ويديها إلى

الأعلى، فاستطاعتْ أن تصل إلى الحافة بمشقّةٍ، وأن تدلّي نصفَ جسدها العلوي داخل حاوية الزبالة، المركونة على الرصيف في منطقة الدوار السابع..

إذ ذاك، تنفستُ عنها الصعداء. تركتُها وقد أفلحتْ في الوصول بعد جهد جهيد، أن تُدلّي نصف جسدها العلوي في الحاوية، أن تُخرجَ منها أكياس القمامة وتبحث فيها عن شيءٍ ما يمكن أن يكون ذا قيمةٍ بالنسبة إليها.

40

تركتُها تعاين أصناف القمامة على مزاجها، وقطعتُ الشارع. مررتُ من خلفِها ولا أدري لماذا تجرّأتُ والتقطتُ لها صورة من موبايلي، على سبيل الذكرى. وفي طريق عودتي إلى السيارة، أدركتُ ما كان المستشار الأجنبي يحاول أن يشرحه لنا طوال أسبوع في الورشة، عن مبدأ (القيمة المضافة) من دون فائدة ..!

هل كانت هذه القصة حقيقية؟ هل هذه صورة امرأة رأيتها أم أنني كنت أحلم، وتحولت أحلامي إلى صور حقيقية على الفوتوشوب؟ هل حدثتْ معي ومعها فعلاً؟ هل كنا كلتانا نقف هناك في تلك اللحظة الزمنية ذاتها، ولمن البطولة هنا؟ لي؟ لها؟ للحاوية؟ للدجاجة المنتوفة؟ للزمن الذي توقف عندنا جميعاً، كي ندرك سرّ الحياة في البحث عن الحاجات؟ للسعادة في إيجاد ما نحتاج؟ لسخرية القارئ من قصة غير معقولة، تقف على حدود القيم المضافة المعاصرة؟ لمن البطولة هنا؟

أحدب عمّان

هو طويل القامة جهمْ.

جاء من أقاصي الشمال أو الجنوب أو الشرق أو الغرب، للعمل في عمّان. اشتغل في وظيفة حكوميّة، لسنوات. تغيّرت وزاراتٌ وتألّفتْ حكوماتٌ وانفرطتْ أخرى، وهو قابعٌ في وظيفته لا يتغير، لكن ظهره كان ينحني، مع كل حكومة تحمل معها مديراً جديداً، أكثر فأكثر.

بعد عشرين عاماً، كانت الحدبة واضحة في ظهره، ومع ذلك استمرّ في الانحناء وتقبيل الأيادي، حتى لامس وجهُه خيالَه...!

وفي قصة أخرى، وضعتْ نهايتها كاتبة أخرى متفائلة، بأن الأحدب نفسه، شارك في بعض المسيرات، فتدرّب على الوقوف ورفْع قامته عالياً، فانتصبَ مرة أخرى.. (والمقصود ظهره وليس أي عضو آخر فيه)...!

بغداد

* المدينة المحرّمة
* جسدٌ شهيٌّ ورأس
* فاكهة
* دشداشة أسفار (دشداشة سوداء لامعة)
* المهندس

43

المدينة المحرّمة

اخترقتُ الأسوار التي لم تسقط بعد، ودخلتُ المدينةَ المحرمة.. الأقواس تنحني بانسيابٍ فوق النوافذ، وقد ترتفعُ على البوّابات بتثاقل. الألوانُ أصابها العمى، فاستحالتْ إلى سواد. والجدرانُ الطابوقية ترنّخت بالدم، فمالتْ على القتلى.

لم يكن في جيبي نقود، وتلك الملايين من الدولارات التي كنتُ أحملها في كيسٍ على ظهري، استحالتْ رماداً، ومع ذلك دخلتُ المدينة. فتحتُ أسوارها التي لم تسقط فوق رؤوس حُماتها، وكنت أضعُ طاقيةً منتوفةَ الريش على رأسي، وأرتدي بنطالاً مثقوباً في ساقه اليمنى، بفِعلِ رصاصة اعتقدتُ في حينها أنها طائشة، لكنها لم تكن..

نعم، أسيرُ الآنَ برِجلٍ واحدة، أما الرِّجل الأخرى فوضعتُ بدلاً منها (ساق طائر) لا يغرد، أو جذع شجرة صغيرة بأغصانٍ ليست وارفة..

كان الوقت ضبابياً، بفعل السماء. فالشمسُ لا تبدو

لناظرها، والعصافير لا تزقزق لأعرف الصباح من الظهيرة، ولا ألوان في السماء تمزج الصحراء بالنار، لأستشف منها لون الغروب... كان الوقت ضبابياً، فالسماءُ داكنة بلا لون، والوقت فقَدَ ساقيه وتسمّر هنا، في هذا المكان بالتحديد.

وكان الشارع الذي سرتُ فيه، شارعاً نباتياً. تصطفُ الأشجار على جانبيه كجنود يستعدون لمعركة دونكيشوتية. سرتُ فيه حتى نهايته واتجهنا كلانا إلى اليمين. دخلتُ حدود شارع آخر حيواني الرائحة والمذاق... تفوح منه رائحة زنخة كريهة. يطغى عليه لون الدم المصفى والمخثّر. رأيت في منتصف الشارع قفصاً معدنياً ضخماً، يتسع لكائنٍ خرافي. حاولتُ أن أدقق النظر فيه من بعيد، فلم ألمح شيئاً. إقتربتُ من القفص أكثر، ولم أر شيئاً. إقتربتُ أكثر فأكثر، ولا شيء. إقتربتُ حتى لامستْ أصابع يدي قضبانه الحديدية الباردة، العارية، السوداء الغليظة، ودُهشت. لم أجد فيه أي كائن حي، لكنني لمحت مفتاحاً صدئاً ملقى فيه على الأرض، وسط بركة من الدماء.

كان المفتاح كبيراً مربوطاً بخيط أسود مجدول حول حلقته.

مددْتُ يدي من بين القضبان المعدنية، لأتناول

المفتاح، لكنه كان في المنتصف تماماً، إضافة إلى أن كفي الغليظة لم تدخل من بين القضبان.

بالطبع، استسلمتُ بسهولة، وأدرتُ ظهري للقفص والمفتاح معاً..

لكني عدتُ وفكّرتُ...!

ربما، يجب أن أحاول المستحيل كي أفتحَ القفص، وأحصل على المفتاح. أن أحضر عتلةً من محلٍ ما وأباعدَ ما بين القضبان وأسحب المفتاح مع خيطه المعقود بهدوء، ثم أسير في المدينة المحرّمة، أحاول أن أفتحها باباً باباً لنعرف إلى أين سيقودنا المفتاح.. ربما هناك فتاة جميلة حبيسة في بيت مسكون بالأموات، أو رجلٌ واحد **عاقلٌ حبيسٌ** في زنزانة.. وربما.. ربما كان المفتاح لوكر دعارة نذهب إليه جميعاً ونقيم حفلاً ماجناً ونعود منه سالمين غانمين..

ربما..

ولكنه كان في الحقيقة مجرّد مفتاح... مفتاح القفص الذي لم يفتحه أحد...!

لمن كان هذا القفص؟ من الذي وُضع فيه؟ من الذي سيق كعبدٍ مجنزرٍ بالسلاسل قبل أن تمزّقه حراب الأضاحي الناعمة؟

لا أدري...

جَسَدٌ شهيٌّ ورأس

كنت أجلس معهم في الغرفة المظلمة ذاتها.. أتقوقعُ
في زاويةٍ أشدّ ظلمة.

الهواء ثقيل. لا يمكن أن تتنفسَ ما دمت هنا، وأنت
في كامل يقظتك أو حتى موتك.. ومع ذلك كنت أحاول
أن أستنشق الأوكسحين من عفن الهواء الرطب وعطونته..
أحاول أن أتشربه وأتكوّم هنا وأستمع إلى صوت لهاثي
وأنفاسي تتصاعد.

لا صوت لهم..

أشعر بالبرد، ومع أنهم جميعاً يتكوّمون هنا مثلي، إلا
أن أجسادهم لا تشعّ أية حرارة، ويكتفون بارتداء الملابس
السوداء.

تسعة أجساد تلتفّ باللون الأسود. القميص الأسود،
البنطال الأسود، الجوارب السوداء. بعضهم يضع رجله
داخل حذائه، وآخرون حفاة، تفوح من أرجلهم رائحةٌ
غريبة. مجرد رائحة غريبة لم أشمّها من قبل.!

أذكرُ عندما كنت طفلاً، تصاعدتْ رائحةُ الخبز الطازج من التنور. رائحة دافئة وناعمة، تثير في النفْس الشهية لالتهام الخبز وحده، وهكذا كان. التهمناه، ثم ركضنا حول البيت نصطاد العصافير، والفراش الملون، الذي التصقت أجنحته بأصابعنا. كان غبار الألوان يعلق بالأصابع، فيفاجئنا الفرح...

ألواننا الآن تسيح على الأرض الإسمنتية وتعْلقُ بها من دون أن نبتسم.

كانوا قد غرقوا في الظلمة مثلي، ولكنهم عاجزون عن الرؤية.

أنا كنت أرى.

أنا الواحد وهم تسعة وحيدون. أيديهم موثوقة إلى الخلف، أقدامهم موثوقة إلى الأمام وملابسهم ممزقة. أراهم من مكاني يتكوّمون بانتظار نجدة، وأنا معهم.

كان لي جسدٌ شهي. كم عشقتْه فتياتُ بلدتنا الريفية القريبة من (الرمادي). كنتُ أُطْلقُ شعْري في الصيف، وأرتدي القميص الملوّن مفتوح الأزرار، كي يروا الزغب النابت على صدري، فيشتهين أن يلمسنه بأكفهن الناعمة، أو أن يمرّرن شفاههن الحارّة عليه. وكنت أضع كريم ويللا

على شعري كي يلمع في أشعة الشمس وفي عتمة الظل. رائحته تعبقُ في أنفي حتى اللحظة. أستنشقها الآن. ما أروعها..!

كان جسدي فاتناً، مربعانياً ممتلئاً، وبقايا من رائحةِ عرَقٍ لذيذٍ تفوح منه. كانت تثير شهوة زميلي حسن، فيتمنّى أن يعانقني..! كم أشتاق إليها.

آه.. ترتجف أذناي من البرد، بينما هم يستلقون على الأرض الإسمنتية الفارغة، بانتظار نجدة.

نحن الآنَ في غرفة، والغرفة في حقل، والحقل في منطقة تُدعى (المقدادية)، والمقدادية تقع على مسافة 90 كيلومتراً شمال شرقي بغداد في محافظة ديالى.

هل العنوان واضح؟

أرجوكم. إذا جاء أحدكم برؤوسهم التسعة المقطوعة، أن لا ينسى إحضار جسدي الشهيّ معه...!

فاكهة

كنت في الغرفة نفسها أعلاه، وفي العتمة ذاتها، أجلس في إحدى الزاويا، على طرفِ سريرٍ حديدي ذي فرشة ممزقة، من أسرّة الجيش، أيام الحرب العراقية الإيرانية، أقشّر برتقالةً، تفوح رائحتها في أنفي، فأنتبه. رائحةٌ لزجة ثقيلة، لم أعرفها في البرتقال الذي اعتادت أمي على إطعامه لنا، أو في ذاك النوع، الذي اعتدنا على سرقته من البساتين، أنا وأقراني الفقراء.

أعملتُ سكيني بالبرتقالة. حززْتها بقوة كي أصل إلى الثمرة فيها، وفتحتها من النصف. سالت نقاط من عصيرها على يدَيْ، فانزعجتُ، خصوصاً عندما تحول لونها إلى الأحمر. سالتْ منها دماءٌ فاترة بلون قانٍ. ارتعبتُ. مددتُ يدي. أشعلتُ المصباحَ الجانبيّ، وقفزتُ عن السرير منزعجاً. رأيتُ قلبَه بين يديّ. كيف وصل إليهما، وقد تركتُه جثة هامدةً في الغرفة المجاورة؟؟ هذا ما لم أستطع الإجابة عنه مطلقاً...!!

دشداشة أسفار (دشداشة سوداء لامعة)

كانت صديقتي أسفار ترتدي دشداشتها السوداء اللامعة، بلون الموت، تدور في البيت من غرفةٍ إلى غرفة بوجه كالليمونة، ثم تخرجُ إلى الحوش، تتبعها أردافها وتعود، فتجلس أمامي لدقائق من دون أن تلتقي نظراتها بنظراتي.. لتخرج ثانية كمن تلدغه عقرب.

لم أدرِ ماذا أفعل. نهضتُ عن مقعدٍ بدا كالشوك يخزّ مؤخرتي. وقفتُ في منتصف الصالة، أتابع حركتها اللولبية التي لا تتوقف. فكّرتُ أن أعطيها مهدئاً مما أحمل في جعبتي باستمرار، تردّدْتُ لوهلة أو وهلات، لكنني بعد خمس ساعات من حركتها البندولية ما بين غرفة وأخرى وهي ذاهلة عن نفسها، ومن وقوفي متصلباً في منتصف الصالة، كنخلة لا تسقط إعياءً، قرّرتُ أن أعطيها حبتين. أحضرتُ لها كوب الماء، شربنا كلانا من الحبوب المهدئة القوية. أمسكتُ بها من يدها، وقدتُها إلى غرفة النوم.

استلقينا فوق السرير المزدوج من دون أن آخذ قبلتي المعتادة من شفتيها، غفونا.

قرعٌ على الباب. ضجيجٌ يشقّ صمتَ القبور. صحوتُ من بئرٍ عميقة. كانت أسفار تغطّ في موت مؤجل، ودشداشتها السوداء اللامعة، ترتفع عن ساقيها لما فوق الفخذين. نظرتُ إلى جسدها. حملت الشرشف وغطيتها.. القرعُ يزداد على الباب، وهي لا تصحو. ضربتُ رأسي بكفي لأصحو جيداً. خرجتُ من الغرفة، وذهبتُ إلى الحوش. فتحتُ الباب، فرأيت كيساً أسود ملقىً على العتبة. التفتُّ يمنة ويسرة فلم أرَ أحداً. جررْتُ الكيس إلى داخل البيت، كان ثقيلاً. فتحته، فرأيت فيه جثّة شابٍ برأس حمار. في البدء صرختُ بأعلى صوتي، ولم تسمعني أسفار... ثم ضحكتُ بهيستيريا.. ثم بدأتُ أبحث في الجيوب عن هوية لهذا الشاب.. لا بدّ وأنه ابنها الذي اختفى.. وبينما كنتُ أبحث عن هويته، رأيت ذراعه التي سقطت.. وقع نظري على الوحمة التي أعرفها منذ وُلد.. لم يكن ابنها بل **كان ابننا.**

لم تستيقظ أسفار، لم يحي الفتى، ولا أزال أُمسكُ برأسي، حائراً ماذا أفعل..!

المهندس

[1]

افتضّوا عذريّته بقسوة.

جاؤوا من كل مكان، من قصور الكرادة والأعظمية والمنصور وغيرها...

في ليل بعيد، أخذوه.

لم يعدْ يتذكّر.

أنظرُ إليه الآن، يجلس في مقهىً معها، ويضحك.

[2]

وقفتْ سيارة جيب سوداء أمام بيتهم، في فجر أحد الأيام من عام 2003.

دخلوا إلى البيت بوحشية. كانت أمه الوحيدة نائمة..!

وأبوه نائماً في قبره، وأخوه في مقبرة أخرى.

54

وضعتِ الأم غطاء الرأس على رأسها بالطبع، رحّبتْ بهم، وسألتهم والنوم بالكاد يغادر عينيها، عن مرادهم.

تجاهلوا وجودها الزائد عن الحاجة.

صعدوا إلى الطابق العلوي، وأخذوا الفتى الشاب ذا الثمانية عشر خريفاً من العمر، من فراشه.

سألَتْهم: ماذا فعل؟ هل هناك شيء؟

ـ لا. نريده معنا في المخفر فقط..

[3]

افتضّوا عذريّته بقسوة.

جاؤوا تحت جنح الظلام.

اقتادوه من سريره إلى مركز تجمّع الباصات، ومن هناك نقلوا الشباب إلى أحد المعسكرات.

[4]

منذ تلك الليلة، ستراه أمه مرة أخرى، ولكن بعد عامين ونصف، وقد خطّ الشيب المبكر رأسه.

[5]

بعد سنوات، رأيته هائماً على وجهه في شـوارع (دبيّ)، لا يصحو إلا عندما يجلس أمام اللاب توب، ليمارس عاداته السرية جميعها..!

[6]

كنتُ أمه ذات يوم..!

غزّة

* في بحر غزة
* تعاطف
* مسرحية من خمسة مشاهد
* جدران
* أرض الميعاد

بيكاسو كافيه

في بحر غزة

كان ذلك قبل أن نولد بعشرات السنين، وربما بعد أن وُلدنا من حطب النار المقدسة. كنتُ أبلغ من العمر آنذاك المائة عام بعد ألف أو يزيد..

كنتُ **الجدَّة الكبرى**، **وأطفالي** من حولي يتحلّقون، وأباريق الماء الفخّارية موضوعة على حافة النافذة الغربية، والماء فيها يرتعشُ من نسمات البحر وتلسعُه البرودة.

كان ذلك في الخامس عشر من عام 1948.

وكنتُ آنذاك أعِدُهُم بأرض يأكلون منها تمراً وعسلاً.. زيتوناً أخضر قبل أن تقتلعه الجرّافات، وقمحاً ذهبياً بلون جدائلها، قبل أن يجتثّه الظلام .

كنتُ آنذاك، أمنحُهُم صفاءَ المياه وعمق البحار ولون المحبة وارتعاشة النجوم حين تفيض بالألق، ولكنهم، تفرقوا في البحار السبعة... أكبرهم حرث الأرض ومات، و(سابعهم سيأتي بعد صيف).

***

59

لكلّ مدينة بحرها وساحلها وسماؤها..

وهناك على امتداد الساحل لا أحد...

طيورُ نورسٍ تحطّ على جيفة هنا وبقايا طعام هناك..

بحارٌ تؤرّقنا وأنهارٌ تصيبُنا بالجفاف قبل موعده.

ورأسٌ وحيدٌ نابتٌ، في المدى...

رأسٌ وحيد ملقىً على تلك الرمال المتأرجحة بين لون البحر ولون الدم، أو على تلّة رمليةٍ صغيرة ومرتفعة، أو على قارعةٍ من جنون .. هكذا هُيء إليّ ...

كان رأسها وحيداً تحت اتّساع السماء وبرد كانون، يبحث عن جسده بين ركام الحياة والألعاب...!

كان اسمها الآخر يتراءى لي كأسماء لوجوهٍ كثيرة.. ربما كان اسمها لينا، دلال، سناء، هند، وربما كان اسمها يمامة..!!

اليماماتُ بيضاء، لكنّ وجهها المفرود بعينين تحدّقان في الفراغ، والقائم بحدّ ذاته على رأس مقطوع فوق رمالٍ لا تخجل من حَمْلهِ مُدمىً، كان وجهها ذلك حنطي اللون، وكأنه ناضج للموت!!. حدث ذلك في بحر غزة

يوماً، مع ضحى(*). لكنها في الحقيقة، لم تكن تحدق في الفراغ، بل كانت تراني بوضوح..

وكنت قد فتحتُ مدونتي السردية الكبرى، لأسرد حياتي من قبل ومن بعد.. حياة الذين استشهدوا في عزّ الصيف والطحالب تنمو في قيعان البرك الراكدة.. وأولئك الذين استُشهدوا في عزَ البرد كأعداد تقترب من الصفر المئوي في لغة العالم، لكنهم في لغتي أبناء الجدّة الكبرى..

وكنت قد فتحتُ مدونتي السردية لأكتب تاريخ جدتي الأولى منذ أن بدأتْ كنعان تحتفل بنضجها، وكنت أعلم أننا جدّات نسرد الحياة ولا نموت عن آخرنا..

هكذا علّمني الطوفان يوماً، قبل أن ننبثق من عشبة في الأرض وننمو أبذاراً في كلّ مكان.. تحملنا الريح كيفما تشاء وأينما تشاء، ولكننا نعود، لنضع أباريق الفخّار على النافذةِ في مواجهة النسمات البحرية.. ونعود جميعنا كأجساد كاملة، لذلك الرأس المقطوع على شاطئ غزة..

(*) ضحى الداية- 3 سنوات - شهيدة الحرب على غزة 2008.

62

تعاطف

انفَجَروا بالضحك.

رأيتهـم علـى اليـوتيـوب، وهـم يـجلسـون فـي بيت أحدهم، يتذكرون ما حدث ويضحكون .

ففي يوم الأحد الثامن والعشرين من شهر كانون الأول عـام 2008، تقـدّم الجنـود الخـمسة، ومـن ورائهـم عشرات المصفّحات والمدرّعات، نحو مخيم (البريج)[*]. اختار الجنود أول بيتٍ صغير وصلوا إليه. قرعوا الباب بعنـف. وضعـوا قنبلـةً أمـام عتبة البيت، وابتعدوا عن المشهد. خرجت امرأةٌ ثلاثينية من البيت، فتحتِ الباب، فانفجرتِ القنبلةُ بها، وتناثرتْ أشلاء. التصقتْ إحدى عينيها عسلية اللون، بحافة النافذة الشمالية. خرج أطفالُها من داخل البيت مسرعين، ليستطلعوا ما حدث. صُعقوا من المشهد. كانت الأشلاء والدماء الحارة تتناثر في كل مكان.

---

[*] البريج: مخيم في غزة.

من بعيد، كان الجنود الخمسة يضحكون على المنظر
برمّته..!

وفي ليالي السمر، كان يحلو لهم أن يتذكّروا سرّهم
الصغير...!

مسرحية من خمسة مشاهد

(ثقافة القتلى)

هل يمكن أن تكون مثقفاً ومقتولاً في آن واحد؟
إذن هي ثقافة القتلى.. في مرايا!!
وفي المرآة أرى:

المشهد الأول

يقصفون مدينة رام الله، فينخلع قلب أحدهم (ليس قلبي بالضرورة)، ومع ذلك ينخلع قلبي عند قصف الهواء والشجر والسماء والآهات والصرخات، لكنني لا أسمع صوتاً إذ ينخلع...!

المشهد الثاني

أنا أحبّ، بل وعاشقة من الدرجة الأولى كنت.. لكنني في هذا المشهد بالتحديد لم أعد كذلك؛ فالحب

ربما يبحث عن قلب مفتوح لا تضرّجه الدماء، أو رحمٍ سخيّ لاحتضان الأجنّة. أراني الآن وقد أصبحتُ مفتونةً بأجساد القتلى وعيون القتلة، أكفُّ عن الحب.

المشهد الثالث

أخشى أن أبوح بما أرى. إنها مجرد مرايا فقط تلوح في المرايا. مرآةٌ مقعرة تدقّ الباب بأدب جمّ، أفتحه فأجدها تُخفي وراءها جثةَ كتاب..

ومرآةٌ محدّبةٌ تحمل فوق ظهرها آلاف الخطايا والوجوه المتعبة، تحملُ صورة طفل معلّق من أحشائه الطرية على الجدار الصلب، يتدلّى باحثاً عن ثدي بلا صرخة، كي يتوسده في المساء، فلا يجد سوى غُباشاً يهمّ في البوح.

انتباه

لستَ وحدك في هذا المدى تغرف البحرَ بالحلم..

أو تسبح ضدّ الرمل الحارق..

لستَ وحدك من يعلّم الأمواج مهنة الحركة أو السكون..

أنتَ ظلي الحبيس في المرايا
أنت الذي يُقاد إلى مخادعهم كجارية
وحين يعتريهم الانتباه
يبكون على صدره الخيانات.

مشهد لا ينتهي
نحن مجرّد كائنات حية.
مجرّد قتلى نتدلّى عن سطح العالم، ولا تخدعنا
الظلال.
أريد مرايا بلا تقعير ولا تحديب ولا تكسير... بلا
رغبات أو دماء
أريد مرايا بلا أنفاس..
أو مرايا بلا صور..
كيف يمكن أن تكون قتيلاً ومثقفاً في آن؟؟
عندما تحاول أن تكتب اسمك على مرآة يعلوها
الغباش، فتجد الدم يسيل منها ..
**ملاحظة: ليس للمرايا التي يحفل بها النصّ أي علاقة
بالمسرحية، فهي مجرد تداعيات لمرايا من آلاف المرايا..**

جدران

جدار برلين
سقط بلا رجعة، لكن الفقراء ظلّوا يحاولون تسلّق
الجدار، إلى الناحية الأخرى..

جدار بعلين
أصبح أهم من جدار برلين
وكلاهما على الوزن نفسه والهيئة نفسها
والفرق أن بعلين هي المقاومة
وبرلين هي العولمة.

جدار بيتنا
صامدٌ على الرغم من العولمة الكئيبة
وتآكل الرواتب وارتفاع أسعار المحروقات
ومرض الشجرة الوحيدة التي تظلله.

جدار (المنطقة الخضراء)

رأيته...

كان لونُهُ أحمر..

كالدم.

All4myspace.com - blood.jpg

أرض الميعاد

استيقظَ في فجر أحد الأيام، على رؤيا..

حلِم أنه يسير في درب صعبة.. صحراء تمتد في كل الاتجاهات. وأينما التفَتَ، لا يرى سوى الرمال.. كثبانٌ رمليةٌ ترتفعُ هنا وتهبطُ هناك كأثداء امرأة حبلى في الشهر العاشر..!! أثداءٌ رملية متكوّرة، والحرارة قائظة لا فكاكَ منها، تُلهبُ رأسه، وصوتٌ يأتيه من حوله ومن أعماقه: ارحلْ من هنا... ارحل من هنا.

كانت هذه الرؤيا كفيلة بأن يشدّ من أزر أعوامه السبعين، بأن يبيع دكانه وكنيسه وبيته والأثاث في مزاد علني، على الـ e-bay، بأن يوضّب متاعه القليل في حقيبة سامسونايت، ويودّع رعيّته السوداء، داعياً إياهم للّحاق به قريباً،

ويرحل.

وصل إلى حيفا مع اقتراب المساء، غريباً.

في الصباح كان يبحث عن رعية يقتاتُ عليها فُتات يومه. هبط إلى الشوارع، وجدها مزدحمة بالجنود المدججين بالسلاح. أشهر أحدهم سلاحه في وجهه، ككاهنٍ أثيوبيٍ أسود، وطلب منه هويته وبطاقته وظروف مجيئه..

في المساء أصبحتْ أثيوبيا حلماً يراوده في اليقظة والمنام كأرضِ ميعادٍ بعيدة المنال.

[2] فئرانٌ

إناث

* عباءةٌ سوداء
* امرأة نانو (عالم متناهي الصغر)
* درسٌ في الخطّ
* فأر تجارب
* حقيبة ديبلوماسية
* زهرة
* تلك القصة
* ظلّ العازف
* قاصّة عربية
* القصر

عباءةٌ سوداء

كنّ يجلسن متحلّقات حول المائدة بعباءاتهن السوداء، يتحدثن، يتهامسن ويلتَفتْنَ حولهنّ كلما دخل أحدهم أو إحداهن. المقهى يعجّ بالناس والموسيقى. الموبايلات ترن هنا وهناك. الغناءُ يتصاعد مع الدخان، ورائحةُ النراجيل الشهية العبقة تُسكر المتحلقين حولها. كنّ يجلسن متحلقات حول المائدة، وفجأة دخلت إحداهن ترتدي بلوزة حمراء قصيرة يصحَبُها شاب يرتدي ملابس ضيقة.

كانت بلوزتها الحمراء حين جلستْ، ترتفعُ إلى الأعلى فيبدو ظهرها الأبيض مشرّباً بالدهشة.. رأيتهنّ يسترقن النظر إليها، يتحلقن حول منتصف المائدة، يقتربن من بعضهن بعضاً، ويتهامسن. ضحكن بخبثٍ، وصوّرن الفتاة ذات البلوز الأحمر بكاميرا فيديو من تحت إحدى العباءات.

في اليوم التالي، كانتْ عباءةٌ من الإشاعات تفضح براءة اللون الأحمر.

امرأة نانو

(عالم متناهي الصغر)

كانتْ ضئيلةَ الحجم، كهِلَةً، لذلك، تعيش في عالمها المتناهي الصِغَر.

أن تعدّ طعامها القليل والفقير ... تأكل ما تيسر منه، ثم تعود إلى الكتب السماوية الثلاثة، تقرأ فيها ما قد يجبيب عن سؤالها.

كانتْ تصحو مبكرة في كلّ صباح، وتردّد بينها وبين نفسها: (ها أنذا على قيد الحياة مرة أخرى).

تؤمن أن الله لن يبعثها في نهاية الزمان، وأن العذاب هو عذاب الدنيا، ولا شيء سواه، لذلك تعيش مع عذابها وحدها. تصاحبه يوماً بعد يوم، وساعة بعد ساعة.

تتذكّر ما **اقترفَتْهُ** في صباها من خطايا، تلوكها وتتعذب، كي تقضي ما عليها من استحقاقات...!

عالمها جدّ متناهي الصغر مثلها، تكاد نسمة هواء توقعها أرضاً.

ملابسها متواضعة. شعرها قصير.. عيناها ضيقتان، فمها صغير، لكن أنفها الذي يعتبر أكبر ما فيها، يتسع لاستنشاق ما يحتاج جسدها من أكسجين وبالكاد تتوافر لديها حاسة الشمّ.

غرفةُ معيشتها صغيرة، تحتوي على سرير صغير، وخزانة خشبية تضم بين جنباتها القليل من الثياب.

هناك طاولة خشبية تهتز أرجلها كلما جلست إليها لتدوّن بعض ما تقرأ..

في الظهيرة، تكمل إعداد الطعام. تأكل بضع لقيمات، فتشعر بالتخمة..!

تذهبُ إلى سريرها وتغفو بضع ساعة، ثم تنهض لتمارس مهمة القراءة والبحث عن الجواب المرة تلو الأخرى..

تناولتِ القرآنَ الكريم، وخطّتْ في دفترها بضع آيات. وضعتْهُ جانباً. وضعتْ عدساتها بالقرب منه، وسرحتْ بنظرها بعيداً... أبعد من غرفتها الضيقة... أبعد من مدينة السليمانية.. أبعد من العراق وآسيا والكرة الأرضية. حاولتِ الوصول إلى الكواكب والنجوم وما أبعد منها... بحثاً عن الحقيقة..

ارتدّ نظرُها إليها على قرع باب غرفتها الصغيرة. فتحتِ الباب، فظهرت امرأةٌ عجوزٌ مثلها. طلبتْ منها إيجار الغرفة، التي بالكاد تكون بيتاً. حدّقتْ فيها النظرَ طويلاً، ولم تدرِ ماذا تقول. ابتسمتْ لها بودّ، دخلتْ إلى غرفتها، حملتْ متاعها القليل، كتبها السماوية الثلاثة، عويناتها وحقيبة يدها وغادرتِ الغرفة في أحد المساءات الكئيبة، لا تلوي على شيء.

درسٌ في الخطّ

تتجمّد يدي اليُمنى من البرد.

أشعر بالبرد.

قالتْ لنا المعلّمةُ : من تنسخ بخطّ جميل، سأعطيها حلوى.

(أرجو أن يعجبها خطي..

أشعر بالبرد، أحاول أن أكتب بخطّ مرتب، لكن يدي ترتجف...!

أريد أن أذهب إلى البيت فقط).

فأرُ تجارب

من بين كل فئران التجارب، البيضاء والرمادية، الصغيرة والكبيرة، فاتحة اللون والغامقة، وقعَ اختياري عليه. كان الأذكى والأقوى بينها. كانت عيناه تسدّدان نظراتٍ قوية إلى عينيّ، بل وكنت أشعر أن نظراته تصل إلى أعماقي..!!

شعرتُ أنه يحبني، أنا تحديداً. شعرت بإثارة جنسية غريبة وجنونية معه. كلما اقتربتُ من قفصه ونظر إليّ، شعرتُ برعشةٍ تسري في جسدي من أعلى إلى أسفل. كيف أحبُّ فأراً أبيضَ بعينين صغيرتين سوداوين..؟ كيف أحب فأراً قد يأكل في أحد الأيام أجباني ويثقب ثيابي؟

ومع ذلك، قرّرتُ أن أبادله الحب... أن أراقصه وأنام على ساعدة... أن أحبَّه حتى أُنهي التجربة. أردتُ أن أعرف إن كان يؤمن بي حقاً، أم يراني مجرد صورةٍ في مرآته؟؟!!

بعد شهور، كان ينهشُ جثّتي في المرآة...!

80

حقيبة ديبلوماسية

كان يصطاد النساء بكلمة حب، يضعهن في حقائبه
الديبلوماسية، لحين الحاجة..
أما هي فقد استعصتْ عليه..
وضعَتْه أمس في حقيبة يدها الصغيرة، المشغولة بجلد
أفعى شبقة، وغادَرَتْ.

زهرة

بكتْ زهرة النرجس عندما هبّتِ الريحُ على صفحة المياه، ومَحتْ صورتها.

أدركت إذ ذاك أنها ستموت يوماً، ولن يبقى لها، على الرغم من جمالها الآسر، أثر..!!!

تلك القصة

أريد أن أكتب قصة حدثتْ معي قبل فترة، ولكن عذراً، أجدني مضطرة لأن أضع بعض الخطوط والفواصل التمويهية، كي لا يكتشف أحد بأنها حدثتْ معي أنا تحديداً. فالكارثة أن يكتشف الآخرون ذلك، وإذ ذاك لا أدري ما سيكون موقفي .. ماذا سأفعل بنظراتهم وتعليقاتهم؟ بشفاههم الممتعضة وحواجبهم المدهوشة...؟!

ماذا سأفعل بأصدقاء الابن وصديقات البنات؟

من المؤكد أن الأمر سيكون محرجاً جداً، خاصة في الحارة..

يا إلهي، تخيّلوا.. كيف سأقابل وجوه البقال والمكوجي والمصور وغيرهم؟ كيف ؟؟ لا يمكن.

لذلك، سوف أكون حريصة جداً الآن لدى كتابتها، وأضع فيها بعض الأقنعة، قد أجعل البطلة طويلة جداً، وبيضاء جداً.. أو ربما سوداء، لا فرق، المهم أن لا تشبهني..

وسوف أجعلها بلا زوج أو أبناء، وأبدلهم بالأخوة..
وقد أضيف إلى ملامح وجهها بعضاً من المكياج الذي لا
أستخدمه، كالروج الفاقع وأحمر الخدود وأزرق الجفون..
وربما أجعل شعرها طويلاً منسدلاً فوق كتفيها كالحرير..

سوف لن تكون أنا.. فشتّان ما بيننا، ما بين تقاطيع
وجهي وتفاصيل جسدي .. ما بين كاتبة معروفة، ومجرد
فتاة بلهاء نادلة في مقهى.. هذا ما سأقوله عنها..

سوف أضع الكثير من الفواصل والخطوط والأقنعة
التمويهية، كي لا يعرفني أحد أنني أنا التي حدثت معها
تلك القصة..

ظلّ العازف

واقفاً على المسرح، يعزف. يداعبُ أوتار قيثارته، فأشعر بأصابعه النحيلة، تداعبُ مكامن الشهوة في جسدي، وتُشعلني.

تسارَعَ نبضي وتلاحقتْ أنفاسي، لكن اللّحن الحزين المتصاعد من روحه، أوقف انثيال خيالاتي، تدفقَ ماء الحياة من جسدي، وأعادَني إلى صمتِ القاعة الضخمة المعتمة.

حين انتهى من العزف، دوّتِ القاعةُ بالتصفيق، فانحنى، لكن الإضاءةَ سطعتْ على مقعدي أنا. التفتتْ جميعُ الأنظار إليّ، كنبعٍ للإلهام، بينما غرق العازف وحده، في الظلّ.

86

قاصةٌ عربية

القاصة العربية ذات الجسد الفائر الممتلئ، كانت منطلقةً باستمرار، عذبة الحديث، ناعمة البشرة، آسرة الابتسامة. شعرَتْ منذ اليوم الأول في المؤتمر، بنظرات الكتّاب والنقّاد تلْتَهمُ جسدها، بشراهة. لم تدرِ ماذا تفعل.. لكنها اهتدتْ بعد ساعاتٍ إلى حلّ منطقي. فكانت كلما سُئلتْ عن رقم غرفتها في الفندق، أجابتْ بأن زوجها وابنها الفتى يرافقانها للاستجمام، فتتنكس الرؤوس **وتلتوي** الأعناق **مبتعدةً** على مضض.

حين انتهى المؤتمر، ودّع المشاركون بعضهم بعضاً. عادت القاصة إلى بيتها الشَبَحي. طوتْ ورقةَ الطلاقِ التي وصلتْها قبل أسبوع في درج المكتب، وجلستْ لتكتب قصةً عن كاتبة ناجحة في زواجها وفي مختلف العلاقات..

القصر

وصلتُ في المساء. كان يُفترض بي أن ألحق بقطار
الصباح كي أصل إلى هنا في الظهيرة، لكنني وصلت مساء
مرهقةً ومتعبة. العتمةُ تفرد جناحيها في الخارج كطائر
حزين، وفي الداخل ثمة إضاءات شاحبة الألوان تنبعث
من غرف القصر العتيق، تظهر من نوافذه العالية، ومن
شقوق فيه هنا وهناك. البوابةُ ضخمة، يتعلّق بها ذيلُ
حصان معدني، يتدلى من حلقة فولاذية، على مستوى
رأسي. أمسكتُ ذيل الحصان، وطرقت الباب طرقتين بقوة.
سمعتُ هديراً في الداخل، وأصواتٍ غريبةً تنبعث وفوضى
تعمّ القصر. أبوابٌ تُفتح وتُغلق. أصواتُ خطواتٍ تتراكض
هنا وهناك. لوهلةٍ جفلت. هل أخطأت العنوان؟

وفجأة انفتحتِ البوابةُ بدرفتيْها على اتّساع، وبهرني
نورٌ ساطعٌ أخفى ملامح الكثيرين ممن وقفوا في استقبالي.
كانوا بيضاً وسمراً وسود بشرة، طوال القامة وقصارها
وأقزاماً، نساء مترهلات وشيوخ عجائز، شابات وشباناً،

بعضهم يضع الصليب وآخرون يضعون طواقي الإخفاء على رؤوسهم. حشْدٌ من البشرِ كان يقف في منتصف الصالة، لاستقبالي.

اعتقدتُ أنني أخطات العنوان. هممتُ بالعودة لكن أحدهم وكان قصير القامة، ممتلئ الجسم، أبيض البشرة، أحمر الوجه أخذ مني حقيبةَ سفري بيده اليسرى، وباليمنى أمسكني وأدْخلَني برفق وتودّد إلى الداخل. تقدمتُ بضع خطوات مترددة، لكن ساعدَه الذي استراح على كتفي من الخلف، دفعني ببطءٍ إلى الأمام.

عندما نظرتُ إلى الجمع الغفير، لوهلةٍ، رأيتُ وجوههم تحمل تعبيراً واحداً، تعبير الاستكشاف والفضول، ونظراتهم تحدق بي، تتفحصني من أعلى إلى أسفل، وكأنني كائن خرافي هبط عليهم من السماء، أو خرج من أعماق الأدغال.

عندما اقتربتُ أكثر، التفّ حولي كثيرون، يتحسّسون جسدي، ملابسي وحجابي الأبيض ناصع البياض، تقدّمَ مني رجلٌ ضخمٌ يحمل تكشيرةً كبيرةً. أخذ حقيبتي من الرجل القصير السمين وفتحها بهدوء. انفضّ الجمْع من حولنا. ابتعدوا عنا لمسافات، وتعابيرُ الرعب تطفح على

وجوههم. رفعَ حقيبتي على منضدة. قرّب أذنه منها ليصخي السمع. حبس الجميع أنفاسَهم وتراجعوا حتى آخر الصالة. وعندما فتح الحقيبة، لم يجد فيها سوى ملابسي الداخلية الشيفونية الملونة، ونسخةً مذهّبة من القرآن الكريم. شعرَ بالخجل. اصطبغ وجهه باللون الأحمر وبانت الانفعالات عليه. ابتعد عن الحقيبة، كأن شيئاً لم يكن، واختفى بين الجموع.

إذ ذك، اقتربوا مني جميعهم، وأخذت إحدى النساء المترهلات الجسد، التي يتدلى ثدياها حتى وسطها، بيدي، وقادتْني إلى حيث غرف الحريم لأسكن فيها. وكنتُ قد صحوت من الحلم منزعجة، وأنا على مشارف أمريكا.

ذُكور

* ثوبان مطرزان
* الأعمى والدّجال
* جرأة طبيب
* معبر مضيق جبل طارق
* فُقْدان
* مناديل

بيكاسو كافيه

ثوبان مطرّزان

فوجئتُ بهما تقفان على الرصيف المقابل. ترتديان ثوبين مطرّزيْن بالألوان. تعضّ إحداهما على أطراف ثوبها بأسنانها البيضاء، فيرتفع إلى أعلى، ويظهرُ من تحته سروالها القماشيّ فاتح اللون، الناعم والرجراج، بينما تشدّ الأخرى أطراف ثوبها على وسطها، فيظهر سروالها اللامع باللون الغامق.

خرجتُ من البيت، وتقدمتُ بضع خطوات حتى أصبحتُ في مواجهتهما على الرصيف المقابل. لم تنتبها إليّ. حمحمتُ وتنحنحتُ، عدّلتُ من ياقة قميصي ومن ربطة العنق. أيضاً لم تلتفتا إلي.!! استمرتِ الأولى في رفع عصاها عالياً، لتهوي بها إلى الأسفل بقوة، بينما قرفصتِ الثانية على الأرض، عند أسفل قدميها. كان المنظر مثيراً بالنسبة لي، ومع أن الوقت كان مبكراً جداً على الاستثارة التي اعتدتُ على استدراجها في الملهى كل مساء، إلا أنني شعرتُ بهما تشعلان خلاياي وتوقفان صاحبي طَمَعاً..

ومع أنني كنتُ في عجلةٍ من أمري، لزيارة أختي التوأم في ملجأ العجزة، إلا أنني آثرت الاستمرار في التحديق والمراقبة.. ومع أنني لم أعد أهتم بالنساء والآنسات والفتيات بشكل عام، إلا أنهما أثارتاني وتخيّلتُ أن أكون عارياً بين أحضانهما معاً.. رباه.

ومع أنني لا أحبّذ قطع الشوارع لمن هم في مثل عمري، إلا أنني اندفعتُ قاطعاً الشارع، متكئاً على عصاي الفاخرة كي أستمتع برؤيتهما من قرب. فقد كنتُ نسيت عويناتي فوق رفّ المغسلة في الحمام، عندما نظّفتُ طقم أسناني.

وحين اقتربتُ، حتى كادتْ أنفاسي تلفح إحداهما، رأيتُ سيدتين عجوزين، تضربُ الأولى شجرةَ الزيتون بعصاها، بينما تجمع الثانية الحبّات المتساقطَة على الأرض وتضعها في ثوبها. إذ ذاك انفعلت. شعرتُ بغضبٍ شديد. أردتُ أن أشتمهما على هذه السرقة العلنية من شوارعنا في وضح النهار، خصوصاً، حين شعرت بجسدي يبرد وعرقي يجف، وبرعشتي تهدأ. لكنني آثرتُ الصمت، وانسحبتُ من أمامهما وأنا أشتم طبيبي بيني وبين نفسي. طبيبي الذي لم يوافق على إجراء عملية الليزيك، لتنقشعَ الرؤية، وأرى الفرق..!

الأعمى والدّجال

يستيقظُ الأعمى في الساعة السابعة مساء ويبدأ يومه.

في حين يعود الدجال إلى بيتهما في تلك السابعة...!

الدرجات المتكسرة الحواف، تصعد نحو غرفتهما الوحيدة، في فضاء معتم. يتلمّس الدجال طريقه بيديه، كي لا يقع بسبب الدرجة الخامسة المكسورة التي وقع بسببها مراراً وتكراراً. أما الأعمى، فينزل الدرجات الواحدة تلو الأخرى من دون عناء..!!

يدخل الدجّال إلى الغرفة، يتحسس جيب بنطاله الواسع. يُخرج المفتاح، يلمس بيده اليمنى الباب ثم الأكرة، بحثاً عن ثقب المفتاح في عتمةٍ لا تُطاق. يُدخل المفتاح فيه، ويفتح الباب الخشبي.. يدخلُ في فضاءٍ من روائح عفنة وعطنة.

يخرجُ الأعمى إلى الزقاق، ويسير نحو المقهى معتمداً على عصاه،

متلمساً خطواته.

يقعُ الدجال متعثراً ببنطالِ الأعمى، يشتمه بينه وبين
نفسه. يُقسم أن ينتقم منه. يصل إلى المصباح الجانبي
الموضوع على مائدة مستديرة، في زاوية الغرفة. يُشعله
وينظر في الأرجاء.

كلّ شيء في مكانه، وكأن أحداً لا يسكن هنا سواه.
الفراش القذر. المخدة الوحيدة، اللحاف القطني المتهدل.
أوعية الطعام البلاستيكية والألمنيوم، بقايا قلاية بندورة
تناولها بالأمس، حتى كوب الشاي، لا يزال على المائدة
كما وضعه. بل وعقب السيجارة قد امتص بقايا الشاي،
واستقر في قاع الكوب رطباً برائحة كريهة... دُهش؟؟ ألم
يكن الأعمى زميله في الغرفة هنا؟

لم يتوقف كثيراً عند هذه المسألة.

وصل الأعمى إلى المقهى. طلب كوباً من الشاي،
وجلس على كرسيه المعتاد بانتظار زبائنه. فاليوم هو أول
الشهر، وجيوبهم منتفخة بالمال. بالأوراق الخضراء
والزرقاء والحمراء التي يحلم بها، أثناء نومه في النهار.

بدأوا يتوافدون إليه. يجلس كلّ واحد منهم على
مائدته، حسب الدور. يمدّ كفّه، يدفع ثمن فنجان القهوة،
يناوله ما تيسّر من نقودٍ ويذهب. وهكذا استمر الأعمى

يقرأ الأكفّ، يشتمهم في سرّه ويقبض المال، إلى ما بعد منتصف الليل.

حين خفّت الحركة في المقهى، عدّ الأعمى نقوده، أنْقد صاحب المقهى عمولته، رمى عقب سيجارته في كوب الشاي، وغادر المكان.

وإذ وصل إلى البيت، لم يجد صعوبة في صعود الدرجات، أو في فتح الباب والدخول.. كان عقب السيجارة لا يزال مستقراً في قعر الكوب، كما تركه من قبل..!!!، كما لم يجد الأعمى صعوبة في إشعال المصباح الزيتي، وخلع ملابسه وارتداء البيجاما، لكنه وجد صعوبة فائقة، في العثور على صديقه الراوي الدجّال..!

جرأة طبيب

حين أخبرَتْني أن الطبيب حاول مغازلَتها، فارَ الدمُ في عروقي، وسألتُها بلهفةٍ : كيف؟

فقالت إنه أمسكها من يدها بطريقة غريبة ومثيرة للشكوك. وإنه حاول بتلك الحركة مداعبتها ودغدغتها وإثارة مشاعرها.. هدّأْتُ من روعها، ربتُّ على كتفها وطلبتُ منها أن تنام. نظرتُ إليها بإشفاق... إلى جسدها المتهالك الممدّد على السرير بلا حول ولا قوة، إلى وجهها الأصفر، وعينيها الغائرتين، وخرجتُ من غرفتها غاضباً.

ارتديتُ الجاكيت بسرعة وغادرتُ البيت. ركبتُ سيارتي وذهبت من فوري إلى عيادة الطبيب اللعين في شارع الجاردنز. كانت الشوارع في طريقي إليه، مزدحمة، وكنتُ بين الحين والآخر أُطلق الزَمَّار كي أستحثّ السيارات على التحرك بسرعة. وصلتُ إلى عيادة الطبيب بعد حوالى الثلث ساعة. أوقفتُ سيارتي في المواقف

كيفما اتفق، وصعدت الدرجات نحو الطابق الثاني حيث عيادته مسرعاً، كل درجتين معاً. دفعتُ باب العيادة بقوة، واندفعتُ داخلاً لا ألوي على شيء.

لم أُجبِ السكرتيرة التي حاولت الاستفسار مني عما أريد، ومنعي من الاندفاع نحو غرفة الفحص. كان الطبيب يفحص امرأة في الأربعين من العمر أو أقل أو أكثر.. رفع نظراته إليّ عندما رآني، مندهشاً ومستفسراً. لم أجبه، بل أمسكتُ به من ياقة قميصه وعاجلتُه بضربةٍ قوية على وجهه، ضربة واحدة كانت كافية لأن تطرحه أرضاً. تركتُ الطبيب ملقىً على الأرض وغادرتُ المكان، أيضاً لا ألوي على شيء.. كم أحب استخدام هذه الجملة (لا ألوي على شيء)..

بالطبع، اندفعَ جميع الذين كانوا في صالة الانتظار إلى غرفة الطبيب الذي كان يصرخ: أمسكوا به.. أمسكوا به، لكنني كنتُ قد خرجتُ من العيادة ونزلتُ الدرج بسرعة .. استقليتُ سيارتي. أغلقتُ بابها بإحكام والتقطتُ أنفاسي، شغّلت المحركَ وعدتُ إلى البيت، وقد هدأَتْ نفسي قليلاً.

في البيت، كانتْ أمي لا تزال في غرفتها ممدّدة فوق

السرير، تتأوه من الألم، وتقلّصات المعاناة تبدو واضحة على وجهها. جلستُ على كرسي إلى جانبها، أراقبها متألماً.. أعدّ التجاعيد على وجهها المتغضن ذي الثمانين عاماً، أنظرُ إلى يديها المعروقتين، وألعن الطبيب بيني وبين نفسي..على جرأته ووقاحته في مغازلتها..!!

أمي لا تكذب أبداً...!

معبر مضيق جبل طارق

خُيّل إليَّ أنها تلوّح لي...

كان المضيق العظيم يفصل بيننا.. هي تقف هناك، على جبل شاهق الأنفاس، يتأرجح تحت وطأة الرياح، بينما كنت أقف وحيداً تحت وطأة أفكاري غير المعقولة. أفكاري الغبية التي لا يمكن لإنسانٍ عاقل ناطق أو أبكم أن ينطق بها.. لكنني كنت كذلك.

كنت قد فقدتُ القدرة على النطق، جرّاء قصفٍ مدفعي. كنتُ راعي أغنام، أخرج بها في الصباح الباكر من بيتنا حتى حدود البحر العظيم، ولا أعود إلا في المساء مع شمسٍ تجرّ أذيال خيبتها...!

شمسنا مخملية. لا تهتم أن تمنحنا الدفء، شمسنا حمقاء مثلنا..!

نعم، لدينا شمس حمقاء تغطس في بحر من الدم، وتعودُ في الصباح مشرقةً جميلة، سعيدة بكونها تروح وتجيء إلى ما لا نهاية..

101

كنت أقف وحيداً، وأفكاري السوداءُ تختبئ في الظلّ...

وكانت هي تقف هناك، على قمة جبل شاهق الأنفاس، يتأرجح تحت وطأة الرياح ...

خمس سنوات، وأنا أحاول جاهداً أن أناديها، لكنني أبكم، وهي عمياء.

فقدان

صـرَخَـتْ مـن أعـمـاق حـنـجـرتـهـا: لا.. للالالالالالالالالا...، عندما استيقظتْ على موت زوجها المفاجئ، تاركاً لها خمسة أطفال.

لم يكن لديها ما يقيم أودهم، فاستعانتْ بصديق...!

وفّر لها الصديق عملاً جيداً، حبّاً مدهشاً وجسداً وافر الشهية، وسهراتٍ ماجنة لا تنتهي..

**

لم تكتفِ..!

أرادتْ أن تمارس الجنس معه، ليل نهار..

كانت شبقة.

أرادت منه أن يثيرها أقصى ما يستطيع بالكلام والحركات واللمسات...

أن يصرخ فيها: أريدك، وأن تمارس معه ما يحلو لها

من عضّ وقرصٍ ومعطٍ، في كل حين.. أرادت أن تجسّد الشبق فيه، ولم تكتفِ..

**

اتصلتْ به زوجته يوماً، على غير موعد، بعد منتصف الليل.

جاءها صوته متهدجاً من مِخْدعٍ آخر، فأغلقتِ الموبايل بحزن..

**

قالت الراوية:

فقَدتْ كلتا المرأتين زوجها، في اليوم نفسه،

وفقد كلٌ من الزوجين حياته، في اليوم نفسه أيضاً...

مناديل

* لا شيء يحزُّ عنق الصمت بيننا.

جاء النادل والقاعةُ تغرق بالدمع. طلبتُ منه منديلاً كي أجفّف السماء...

كان من المضحكِ أن أبكي وسط هذه الجموع ولا أحد، لا أحد ألبتّة يسألني عما بي، فضحكتُ وهي تجلس في الركن المقابل، تلتهم ما تبقّى من أصابعي... دون كتشاب.

* حركاتُها في تناول الطعام متعمّدة.

تضعُ قطعةَ بطاطا في فمها، بأنامل تفيض بالنعومة والجمال. تقرّبُ قطعة البطاطا المقلية من شفتيها، تفتحهما قليلاً، ثم تُدْخل قطعةَ البطاطا بينهما ببطءٍ تشتدُّ معه انفعالاتي، حتى تُدخل القطعةَ كاملةَ في فمها. وأكون أنا قد بلعتُ ريقي مائة مرة...!

طلبتُ من النادل منديلاً، لأجفف به ريقي..

أتمنى ولو لمرةٍ واحدةٍ فقط، أن أكون تلك القطعة التي تُلامس شفتيها، وتدخل بينهما رويداً رويداً، ببطء شديد..!!

قال المجنونُ، وبكى.

* أشعرُ أنني تحرّرت.

هكذا وحيدة أنا حتى آخري..

وحيدة حتى العمق وحتى النخاع.

كان يجلس في الركن المقابل ولا شيء يحزّ عنق الصمت بيننا.

كنت أشعرُ بوحدتي التامة الكاملة، والقلبُ الوحيدُ الذي أحببْتُه قد غادرني ..

لم يمسح دمعة العين ولم تستجب شفتاه لضحكاتي.. تسلّيتُ بالتهام البطاطا.

كان هو الآخر، قد أغلق الأبواب على نفسه بالمزلاج، والجدران التي ارتفعت بيننا جداراً جداراً، تزداد صلابةً مع كل قطرة نجففها!! وها أنذا أعود كما كنتُ..

وحيدة حتى آخري..

ولا أكتمل إلّا بي!

[3] وموتٌ مؤجّل

* رخام إيطالي
* رهان الأصدقاء الثلاثة
* عيد ميلاد
* طالع
* في الحمّام
* مفرداتٌ غبية لا أحبها
* سلّة الموتى
* الكهف والمجنون
* ثلاثة أخوة
* مطلوب جثة 1
* مطلوب جثة 2
* مطلوب جثة 3
* قتل عن سابق الإصرار (حمامة السلام)

بيكاسو كافيه

رُخامٌ إيطاليّ

وضعوا لوحاً من الرخام على قبره، لوحاً كبيراً من الرخام الإيطالي، وكان هو مستلقياً في حجرته لاهياً عن كل ما يحدث في الأعلى.. غادروه مودّعين، وفي أول عيد فطر بعد وفاته، كانوا يجهزون أنفسهم لزيارته. حملوا معهم الحلوى والكعك المحلّى والتمر والملبّس.. وفي الطريق المتعرّج الذي ساروا فيه بين القبور نحو قبره، كانوا قد وزّعوا كلّ ما معهم على الفقراء والمساكين الذين يقتاتون على الأمواتِ، جيلاً بعد جيل..

عندما وصلوا إلى المكان الذي واروه فيه الثرى، لم يستدلّوا على قبره. كان قد أصبح مثل بقية القبور الفقيرة التي لا شاهد عليها ولا رخام. التفَتوا حولهم جَزعين. هذا القبر.. لا، ربما ذاك القبر، بل ربما الذي هناك. المقبرة تحفل بالموتى الأحياء، ولا دليل على قبره. وفجأة، صرخت ابنته: لحظة .. أنصِتوا. أسمعُ صوته يناديني من هناك... ذاك هو قبره... أكاد أشعر بأنفاسه تلفح وجهي،

إنها تأتي من ذلك القبر.. صوتُه يلحّ عليّ بالاقتراب.. إنه هناك..، وأشارتْ بيدها إلى أحد القبور.

اقتربوا من ذلك القبر، فوجدوا الشاهد ملقىً على الأرض إلى جانبه. رفعوا الشاهدَ وقرأوا اسمه .. إنه هو.. ولكن كيف عرفتِ ذلك؟ التفتوا إليها ليسألوها، فوجدوها ملقاةً على الأرض الرطبة، وقد فارقت الحياة.

في اليوم التالي، دفنوها، وأحضروا لوحَين رخاميين، وضعوهما على قبريهما.

في المساء، كانتْ تخرج مع أبيها في جولةٍ خاصة، يستمعان فيها إلى أناشيد الجبل..!

رهانُ الأصدقاء الثلاثة

كان الأصدقاء الثلاثة، حادّين في جدالهم. قال الأول: الموتُ حقٌّ وعذابُ الميت في قبره، لا أكثر ولا أقل. قال الثاني: بل العذابُ هو عذابنا في الحياة، لا بعثَ بعد الموت. أما الثالث، فقال: بل هناك موتٌ وبعثٌ ولكن من دون عقاب....!!

وكانوا جادّين ومتحمسين، حتى أنهم وضعوا الرهان أمامهم، بأنْ ينتحروا ثلاثتهم في الوقت ذاته، ليكتشفوا سرّ الحياة بعد الموت.

**

حين عاد الأول، كان مهدوداً من التعب، من عذابِ القبر الذي واجهَه.

أما الثاني، فجاء مبتسماً كأن شيئاً لم يكن. قال لهم:

اكتفوا بما مارسوه من عذاب معي في الدنيا، فأعفوني من عذاب القبر والآخرة.

أما الثالث، فلم يعد... وحين طال انتظارهما له، أرسلا إليه رسالةً على الفيس بوك، يلومانه فيها على التأخير.

بعد أيامٍ، ظهر الثالث في برنامج تلفزيوني على قناة الجزيرة، وهو يتوعّد بعذابٍ قريب...!

عيد ميلاد

اليوم بالذات .. يصادف عيد ميلادي..

كنتُ أحتفل به في هذا اليوم من كل عام، وحين متّ، لم أعد أحتفل بأعياد الميلاد.

أصبح هذا اليوم يمرّ كباقي الأيام، لا أحد يذكره. لا أحد يضيء ذكرىً ما أو شمعة ما، أما يوم مماتي، فقد صار يوماً يحتفل به كل الأموات..!!!

طالع

لم أُفاجأ عندما ادّعى أنه يستطيع قراءة طالعي
ونازلي، أو حين ادّعى أنه يعرف خطوط يدي منذ بدء
التكوين وحتى نهاية الحلم، فآمنتُ به كقوّة حالمة،
تحملني على بساطِ (أن أعرف).

وحين اتفقنا على موعد لقائنا التالي، نسي أن يخبرني
أن خطّ يده سينتهي قبل خطوط يدي، ظاهرها وباطنها،
فمات قبل موعد لقائنا بدقائق..!!

114

في الحمّام

أنهيتُ استحمامي. كان يوماً شاقاً. الماءُ يَذهبُ
بالتعب. فركتُ جسدي بالليفة والصابون المعطّر. ملأتُ
البانيو بالماء والفقاقيع الملوّنة الجميلة، واستلقيت فيه.
استرخيتُ أكثر من نصف ساعة، وحين انتهيت، وضعتُ
المنشفة على جسدي، جفّفته. فتحتُها، رفعتُها عنه. رأيته،
فصرختُ بألمٍ: هذا سيفنى.

مفرداتٌ غبيّة لا أحبها

كانت الجثّةُ تجلسُ في القبر، مرتاحة أو مستريحةً
باسترخاء.

أووه، هذه مفردات غبيّة لا أحبها، وبالتحديد مفردة
(مستريحة)، مفردة توحي بالابتسام الذي لا يتناسب مع
تجهّم الموت.

116

سلّة الموتى

ارتدتْ ليلى ثوبَها الأحمر الجميل، وضعتْ طاقيّتها ورَبَطَتْها بشريطٍ أحمر حول عنقها الجميل أيضاً... كانت ليلى قد كبِرتْ معنا، ومشتْ في العمر سنوات لا تُحصى..

وكانت جدتها لأمها قد ماتت منذ أمد بعيد، لكن ليلى تذهب في مثل هذا اليوم، مرة كل عام، كي تزور جدتها..

تغادرُ منزلها المتداعي بفعل الزمن، وربما بفِعْل قذيفة سقطتْ عليه ذات غارة حربية مدمّرة، فقتلت الأب والأم وتصدّع البيت، لكن ليلى استطاعت عندما حدث ذلك، أن تنقذ سلّتها من تحت الأنقاض، تلك السلة الجميلة المجدولة بحبال من القش والخيزران..

حملتْ ليلى سلّتها، وذهبتْ من طريق الغابة كما اعتادت أن تفعل في طفولتها مخالفة أوامر أمها التي ماتت.

كان الوقت عصراً، والشمس تبتعد عن السمْت نزولاً نحو الأفق البعيد..

وصلتْ ليلى إلى الغابة، أشجارها مجتثّة عن بكرة أبيها، الغابة بلا ضرع أو زرع، أرضها صلبة جرداء، تتوزع فيها شجيرات شوكيّة هنا وهناك، بين أكوامٍ من الخيام الشَّعرية والصوفيّة السوداء..

مرّت ليلى بين الخيام خيمةً خيمة من دون أن تلتفت إلى شارة الصليب المعلقة فوق باب هذه الخيمة، أو شارة الهلال فوق تلك. الخيمةُ الأولى ممزقة تلعب الرياح بها، اقتربت ليلى منها، ودخلتها وصولاً إلى إحدى الزوايا البعيدة. رأتْ جمجمةً صغيرة وطازجة، كما توقّعتْ. وضعتْها في سلّتها وغادرتِ الخيمة من دون أن تلمح أحداً ما أو تسمع نأمةً من بعيد. ذهَبتْ إلى الخيمة التالية، والتي تليها وتليها، ومن كل خيمة، كانت تأخذ جمجمة صغيرة طازجة أو أكثر، وتضعها في سلتها. حملتِ السلّة وتابعتْ سيرها نحو بيت جدتها الجديد في مقبرة الحي، حيث ووريت الثرى هناك. ألقتْ عليها السلامَ، وضّبتْ حمولة سلّتها كما تفعل في كل عام، وعادتْ بها إلى بيتها، يصفر فيها موتٌ شنيع (في السلة)..

لم ترَ ليلى الذئب هذه المرة أيضاً، لكنها كانت تشعر به.. كان هناك في كل مكان، يأكل الأطفال بتلذّذ، ويترك لها الجماجم لتنظف المكان..!

الكهف والمجنون

لم أرهم، لكنني سمعت قصتهم يوم أمس في قرية (سالم) التي وصلتُ إليها متأخراً. ربما كنت واحداً منهم أو جميعهم، وربما كنت أنا نفسي المجنون..

في الكهف الجبلي المحفور في باطن الأرض المقدّسة، فوق بحيرةٍ من النفط العائم فوق لبّ الكرة الأرضية، وتحت أطنانٍ من الثلج المتيبس منذ آلاف الأعوام، كنا أربعتنا وخامسنا المجنون، حليق الرأس. كانتِ الشمسُ تطلع من هناك في سماءٍ بلا معنى، والقمر والنجوم قد تهاووا إلى مستقر لهم، والفضاء الغائب عنا يمتد مغبَراً حتى مسافاتٍ لا ندركها، وسحب الدخان الأزرق تتسلل من شقّ في الكهف إلينا.

كنا نبحث عن مخرجٍ معقولٍ من تلك العتمة..!

قال أحدُنا، وكان أسمر اللون نحيل القامة، أسود الشعر والجبين والعينين والشفتين: هناك بقايا من شعاع

ضوء يتسلل إلينا من الشقّ، قد نحاول توسعة الشقّ المرتفع عن الأرض لنخرج.

قال آخر: بل نبقى هنا حتى يأتي من ينقذنا.. لا نريد أن نضيع قوانا وجهدنا بلا فائدة تُرجى.

قال الثالث، وكان أجعد الشعر أشقره: بل، ربما نلجأ للصلاة حتى يقضي الله أمراً كان مفعولاً.

قال الرابع وهو يجلس القرفصاء، مرتجفاً من البرد، متقوقعاً على نفسه في زاوية تغمرها الظلال: وكيف نصلي جماعة، ولكل منا طريقته في الصلاة؟ لن يستجيب الرب لنا أبداً..

لم ينطق المجنون الذي كان واقفاً في منتصف الكهف، مشغولاً بنزع البقّ عن جسده وعن ملابسه الرثّة، أية كلمة. ظلَ واقفاً صامتاً، رأسه يتدلى إلى أسفل، ينظر إلى جسده وملابسه ويتمتم بينه وبين نفسه. وفجأة، انطلقَ المجنونُ يجري في الكهف دون اتجاهٍ محدد، يضرب الجدران بكفّيْه ويصرخ. حاولنا الإمساك به وتهدئته فلم نفلح. بقي على هذه الحال حتى أخذ منه التعب، فجلس في منتصف المكان وبدأ يرتّل تراتيل غريبة، لم يسمع بها أحدنا من قبل. كان يميل بجسده يمنة ويسرة، فأخذَنا

النغمُ، وبدأنا جميعنا نكرر من ورائه كالببغاوات، ونميل بأجسادنا، بل جلسنا على الأرض وشكَّلنا حلقةً من حوله، وأخذنا نردّد من ورائه حتى انشقّ الكهف، وظهرت لنا فتحة تتسع لخروجنا واحداً واحداً، ففعلنا...

خرجنا من الكهف إلى منطقةٍ صغيرة أسفل سطح الأرض، كثيفة الأشجار، تتصاعد منها أبخرة قوية ورطوبة لزجة. سمعنا نقيق ضفادع وهديل حمام. سرنا في الطريق صعوداً نحو الأعلى والنهج يتعرج بنا ويضيق، حتى وجدنا أنفسنا في ممرٍ ضيّقٍ نسير فيه واحدُنا تلو الآخر، ينتهي ببوابة خشبية كبيرة. أزَحْنا أكوام الثلج عنها حتى بانتْ، ففتحناها ودخلنا، وجَدْنا أنفسنا في بهو قصر جميل، عالي الأسوار لا يمكن الدخول إليه أو الخروج منه..

ركض المجنون في كلّ اتجاه، وهو يلعب ويغني، وعندما رأى موقداً بدائياً في المكان، أشعل فيه النار وصار يرقص من حولها لساعاتٍ حتى اختفى..

***

في الخارج، كان الناس يبحثون عن ثلاثة أنبياء

ورابعهم صديقهم وخامسهم المجنون اختفوا تحت الأنقاض منذ سنوات طويلة، ولم يعودوا ..

***

وقريباً من المكان، كانت كاميرات المحطات الفضائية وكاميرات الصحفيين والمذيعين والإعلاميين بانتظارنا، وكان السؤال الوحيد الذي يدور في مخيلاتهم : كيف دخلتم إلى الكهف..؟

***

وغير بعيدٍ عنّا، كانت المجنزراتُ تحيط بقرية سالم(*) من كل صوب، استعداداً لإنزال الجنود في القرية، والبحث عن مشبوهين بعشق الوطن والإنسان أو أنبياءٍ لم يقدموا فروض الطاعة...!

_____

(*) الاسم القديم لمنطقة القدس (المدينة المقدسة).

ثلاثةُ أخوة

نحن ثلاثة أخوة، ليس لنا أب أو أم. أنجبتنا تلك المرأة السوداء، هائلة الحجم غليظة الشفتين بيضاء الأسنان، متجهمة الوجه، متدلية الثديين، التي يقف جملان على ردفيها من دون أن تشعر. كانت تضمّنا إلى صدرها وتشدّ رؤوسنا إلى جسدها حتى نكاد نختنق، وكنت أشمّ رائحة جسدها في أنفي مرغماً..! كان الأخ الأصغر أسود اللون، والكبير أبيض اللون، أما أنا فكنت بينهما. بين هذا اللون وذاك.

في مساء أحد الأيام، اجتمعتْ بنا تلك المرأة. جلستْ على كرسي صغير مجدول من القشّ من دون ظهر أو مسندين. لا أدري كيف اتّسع لمؤخرتها الضخمة المترجرجة حين تسير. فتحتْ ساقيها، لكن ثوبها الموّرد الطويل، الملون بألوان داكنة خمرية وسوداء، كان يغطي ما بين الفخذين، إلا أنه كان مفتوحاً من الأعلى جهة

الصدر، فبانَ نحرُها جليّاً، ظهر خط السمرة الخفيفة ما بين نهدين عامرين متدليين حتى بطنها.

قالت: غداً هو يوم الموعد المؤجل مذ وُلدتم، وأنا أنتظر هذا اليوم منذ سنوات.

غدا تخرجون لتتوزعوا في مشارق الأرض ومغاربها، بحثاً عن أبيكم، غداً ستبحثون عنه في الكهوف العميقة المتوارية عن الأنظار، في الغابات المطرية وعند مصابّ الأنهار. في كثبان الصحاري وخرائب الآثار. في المدن القديمة وفي الأزقة وبين ناطحات السحاب. عند قمم الجبال العالية وتحت أقدام النساء، وفي طريقكم، لا تقتلوا شجرة أو طيراً أو حيواناً.

***

وهكذا كان.

في صباح أحد الأيام الخريفية، غادرنا قريتنا مع غبش الفجر، وتوزعنا في الأرض.

***

125

عندما عدنا بعد سنوات، قال الأخ الأصغر: وجدت أبي، أسمر اللون حليق الذقن، أحمر العينين من شدة السهر والبكاء على الجوعى والفقراء واليتامى. قال الثاني: بل أنا من وجد أبانا.. كان يرتدي الثوب الكهنوتي الخمري، ويضع على رأسه قلنسوة الكرادلة، يقيم الصلاة بين جموعٍ غفيرةٍ من البشر، كانوا يبكون لرقة كلماته وصدق مشاعره النبيلة..

قال الثالث: إذن، من ذاك الذي وجدته إن لم يكن أبانا الجبّار الذي في الأرض، يحمل ناطحة السحاب بكفّ، ويقضم الهامبرجر بالكف الأخرى؟..

وحين أنهوا حديثهم، نظروا إلى بعضهم بعضاً ثم إلى أمهم، وصرخوا بصوت واحد: إذن من هو أبونا؟

لم تحرِ المرأة جواباً، تركتِ التساؤلات معّلقة على شفاههم، وصمتتْ،

وكان صمتها أبدياً..!!

مطلوب جثّة

مطلوب جثّة [1]

أردتُ أن أتبعَ آثار قدميه على الأرض. آثار خياله على الجدران، وربما آثار أوهامه وخزعبلاته على عقول البشر..

أردتُ أن أكشف زيف ما يدّعي وأن أبرهنَ على أنه هو القاتل لا محالة.. لكنني فشلت.

لم أستطع إيجاد جثة واحدة أتّكئ عليها في كيل شتائمي له واتهاماتي ضدّه. ومع ذلك، حين عجزتُ تماماً، توصلتُ إلى طريقة جهنمية في توريطه، فأرسلتُ جدائل شَعري حتى تَتْبعَ آثار قدميه، حتى تقوده قدماه إلى مدينتنا ومن ثم إلى حارتنا ولن يكون من الصعوبة بمكان أن أدفعه ليأتي إلى بيتنا.. وهنا ... هنا في بيتنا بالتحديد، وسط ضجيج الاحتفال العبثيّ به، واحتساء الخمور في

127

صحته ونخب نجاحه.. الآن أستطيع أن أهدر حياتي طائعةً.. كي أثبت أنه القاتل..!

مطلوب جثّة [2]

إعلان مهم.

مطلوب جثّة بسعر معقول. الدفعُ سواء بالدينار أو الدولار أو الدرهم أو الجنيه، ممكنٌ جداً.

المواصفات: جثّةٌ حيّة أو ميّتة لا فرق.

جثة امرأة أو رجل أو طفل، لا فرق.

جثّة استشهدت في تونس أو في ميدان التحرير أو في اليمن، لا فرق.

جثّة ولدت قبل أيام، أو عاشت ثمانين حولاً، لا فرق..

أريد جثّة فقط، لأدفن هذا الرأس الوحيد معها.

مطلوب جثّة [3]

إعلانٌ ثانٍ.

مطلوب جثّة، ضخمة جداً، عريضة المنكبين، جميلة القسمات، حلوة المعشر.. تحبّها ديدان الأرض الموجودة في غرفتي، كي أدفنها هنا، فترحل تلك الديدان عني..

قتل عن سابق إصرار (حمامة السلام)

لن أخبر أحداً أنني قتلت حمامة السلام من دون قصد وبدمٍ بارد. لم أنتبه إليها عندما كنت أقود سيارتي بسرعة. كانت تقف في منتصف الشارع تشرب الماء المتدفق من انفجار ماسورة، والمتجمع في حفرة كبيرة في المنتصف.

لم تكن بيضاء تماماً، فهي حمامة شوارع، يميل لونها إلى الرمادي.. تتوقف في منتصف الشارع لتشرب المياه الراكدة، كما كانت توجد في الطرف القصي من الشارع، حاوية زبالة ممتلئة عن آخرها، بل وفاضت منها أكياس كثيرة..!

وعند الحاوية، يتوقف رجل كهل، بلحيةٍ يختلط بياضها بسوادها، ومعه ثلاثة فتيان يساعدونه في تنقيب الحاوية، عن شيء مهم..

هي لحظة واحدة، التفتّ فيها إليهم، عند زاوية الشارع الفرعي، ثم تابعتُ سيري بسرعة. فوجئت بالحمامة

في منتصف الشارع. لم أهتم ودعستُ على دوّاسة البنزين، فالحمامة، حين ترى السيارة وتسمع هدير محركها، ستبتعد وتطير. ولكنها وللمفاجأة، لبثت في مكانها وحين اجتزتُها، عرفت أنني قتلتُها بدم بارد.

كان دمي بارداً لأنني لم أنفعل.. وكأنني خارج المشهد كله.. وكأن الحمامة لم تكن تشرب الماء بسعادة كبيرة، ومن ثم لتشهد هذه النهاية الفاجعة لها..

في مرآة السيارة، رأيت الكهل يجري نحو الحمامة.

ربما سمع صوتها، ورأى دماءها، لكنه جرى نحوها.. ومن المؤكد أنه التهمها مع أولاده على العشاء..

صدر للمؤلفة

مجموعات قصصية

جدران تمتص الصوت، عمّان، 1986.

طقوس أنثى، (طبعة أولى)، الهيئة المصرية العامة للكتاب، القاهرة، 1990.

طقوس أنثى، (طبعة ثانية)، مكتبة الأسرة، القاهرة، 1997.

طربوش موزارت، المؤسسة العربية للدراسات والنشر، بيروت، 1998.

سروال الفتنة، وزارة الثقافة، عمان، 2002.

قارع الأجراس، أمانة عمّان الكبرى، عمّان، 2008.

مجموعات مشتركة

مختارات من القصة القصيرة في الأردن، عمّان، 1992.

الصوت الآخر، (مختارات قصصية، كاتبات من فلسطين)، رام الله، 1999.

Modern Jordanian Fiction، وزارة الثقافة الأردنية، عمان، 1993.

فضاءات شعرية، عمّان، 1999.

بيكاسو كافيه

المحتويات

Printed in the United States
By Bookmasters